MÁQUINAS DE CONSTRUCCIÓN

LIBRO PARA COLOREAR PARA NIÑOS

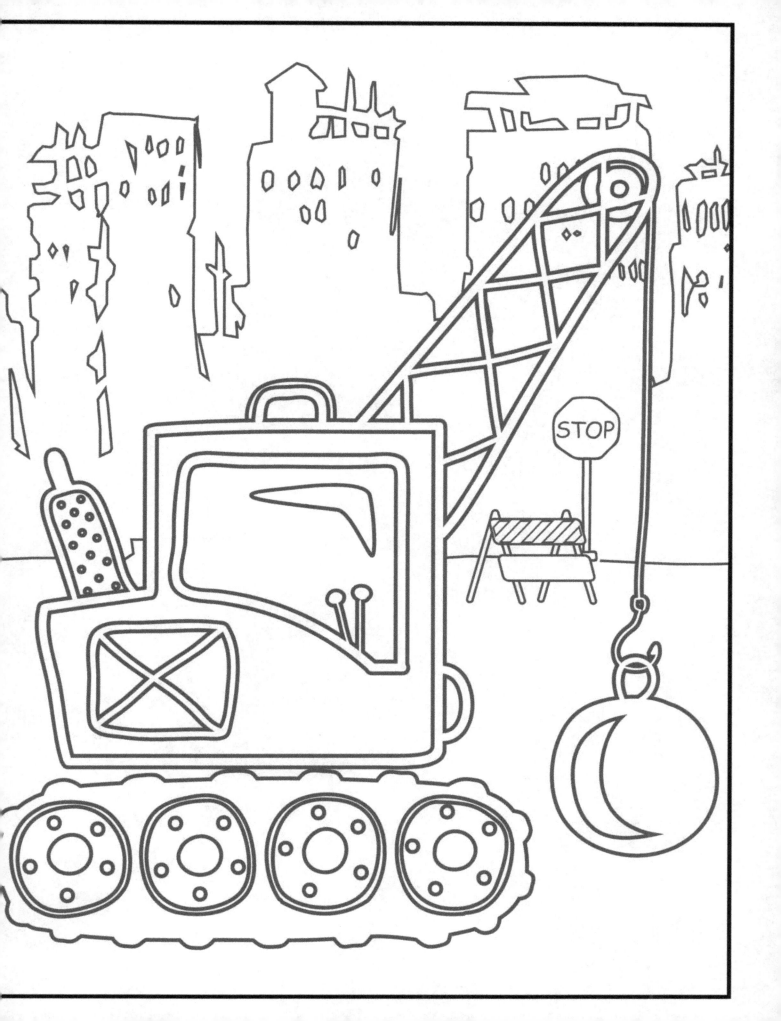

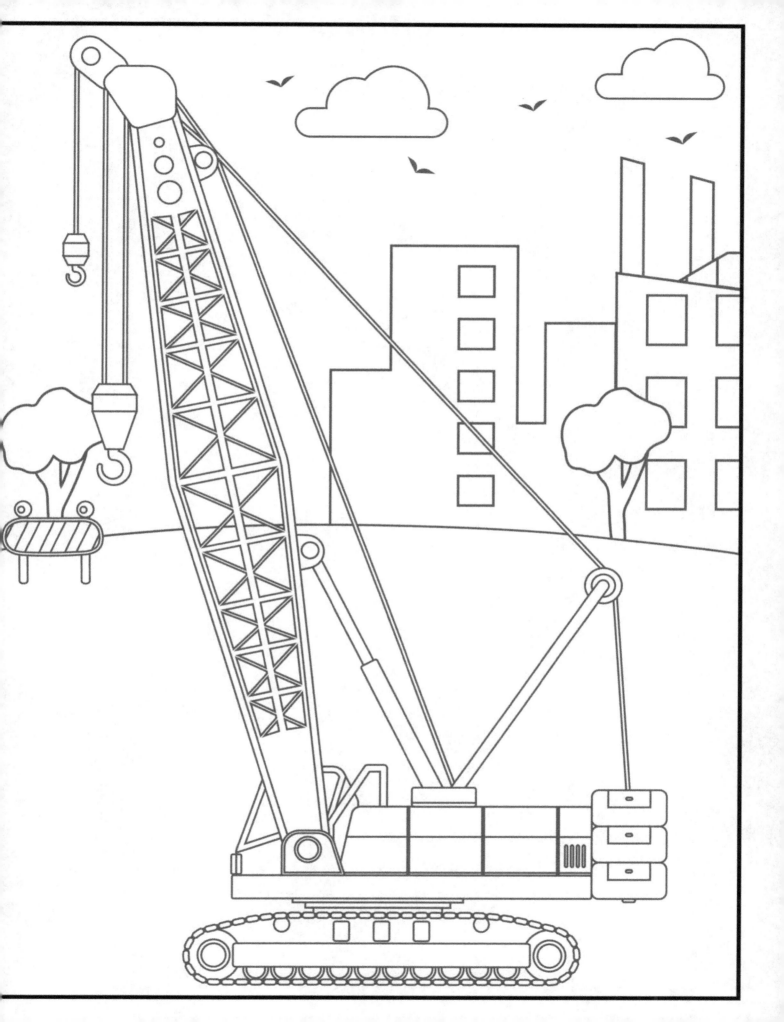

Gracias!

Esperamos que haya disfrutado de nuestro libro!

CPSIA information can be obtained
at www.ICGtesting.com
Printed in the USA
BVHW060000040521
606340BV00002B/577

9 782857 951